LA FILLE
AUX MAINS COUPÉES

MYSTÈRE

POUR PARAITRE :

La Gloire du Verbe (*Poésies*).

L'Orgueil Suprême.

PIERRE QUILLARD

LA FILLE

AUX MAINS COUPÉES

MYSTÈRE

PARIS

—

1886

A

MAURICE PEYROL

JE DÉDIE CES RIMES

FRATERNELLEMENT

PERSONNAGES

LA JEUNE FILLE

LE POËTE-ROI

LE CHŒUR D'ANGES

LE PÈRE

LE SERVITEUR

L'action se passe n'importe où et plutôt au moyen âge.

I

Dans la chambre silencieuse, où flotte par les vitraux glauques la soie resplendissante de l'aurore, LA JEUNE FILLE est agenouillée et prie en sa blancheur adorable de lys.

Le large bliaud damassé, broché de calices d'argent, qui neige sur sa poitrine et l'étoile, est à peine agité par le souffle du corps pâle sculpté dans un marbre vivant.

Elle lit dans le lourd missel, incrusté de joailleries, mais d'une voix si basse qu'elle semble un frôlement somptueux d'étoffes que froissent dans l'éther des princesses lointaines.

Elle laisse tomber le livre et les yeux tournés vers un Christ, exsangue
sur un ciel ensanglanté, elle clôt ses lèvres entr'ouvertes et se prend à
prier des rêves sans paroles.

O Jésus, écartez les griffes du Malin.

Les anges de saphir dorment dans le vélin ;

Les graves lettres d'or pèsent aux ailes blanches ;

La colombe du ciel s'englue après les branches,

Et la prière est prise au piège des versets.

O livre, le parfum sacré que tu versais

Vaut moins, pour le Sauveur et pour ses mains percées,

Que l'inappréciable encens de mes pensées.

Mon bien-aimé, mêlés à vos élus divins,

Mes rêves purs, avec le chœur des Séraphins,

Allégés du fardeau des paroles antiques,

Mes rêves ont chanté plus haut que les cantiques ;
Et quand mon âme, un jour, s'évadera du corps,
Je volerai dans les Splendeurs et les Accords,
Faits de flamme subtile et de claire harmonie,
Et je rayonnerai dans la Gloire infinie,
Autour du front terrible et charmant de l'Epoux.

O monde, ô vie, ô sens, évanouissez-vous !

Car, là-haut, par delà les ténèbres premières,
Dans l'éclat des concerts et la voix des lumières,
Impérissable, dans le nimbe de l'Amant,
La chair immaculée arde éternellement.

Baignée d'une musique surhumaine, elle entend comme en elle-même :

UN CHŒUR D'ANGES

Enfant, les cieux songés, blancs de lys et de vierges
Plus blêmes que la cire odorante des cierges,

Et les jardins semés d'étoiles, les sommets

D'hermine chaste et de candeurs impolluées,

Mirés aux lacs où vont les cygnes des nuées,

Enfant, les cieux songés seraient clos à jamais.

Arrière, le troupeau neigeux d'immaculées !

Vers l'amoncellement des glaces reculées,

Les rouges Kéroubim vous repoussent du seuil

Eblouissant : les crins de votre âpre cilice

Vous sont une moelleuse et royale pelisse ;

Votre virginité n'est ivre que d'orgueil.

Arrière ! le blé mûr épars des Madeleines,

Epars sur les pieds nus avec les urnes pleines,

Brûle seul dans la sainte auréole de feu.

Dans le brasier de Christ, avivé de colères,

Vous fondriez, ô froides fleurs des soirs polaires

Qui ne parfumez pas les hommes avant Dieu.

Lorsque le Rédempteur eut brisé les statues
D'autrefois, parmi les colonnes abattues,
Il laissa reverdir, seul d'entre les Maudits,
Erôs, et lui donna pour royaume la Terre :
Immortelle, la soif des lèvres vous altère,
Et l'enfer des baisers vaut notre paradis.

Va ! l'Olympe aboli revit dans votre race ;
La meute des désirs vous poursuit à la trace,
Et vous n'évitez pas les flèches de l'Archer.
Prends garde d'oublier les cieux songés, ô vierge .
L'amour à l'horizon de ta jeunesse émerge ;
J'ai vu, dans l'Orient, l'Invincible marcher.

LA JEUNE FILLE, éperdue des paroles ouïes et béante d'horreur mystique,
invoque, en balbutiant, Madame Marie qui sourit, doucement, couron-
née d'astres, au fond d'une fresque byzantine, et des cimes de l'azur tend
les mains vers un vol d'âmes en peine : VENITE AD ME DILECTAE MEAE.

Je ne sais plus si c'est mon rêve que j'écoute,

Ou si la source en moi s'infiltre goutte à goutte

Qui ruisselle des luths et des psaltérions,

Et si j'entends le Diable ou les Anges. Prions.

Tueuse du serpent, Reine du bleu stellaire,

Le dérobeur d'épis maraude autour de l'aire ;

Le voleur d'âmes vient des abîmes et fuit :

Chassez le tentateur et le rôdeur de nuit.

Tandis que s'égrènent les litanies, un fracas assourdi d'armures irradiées glisse lentement, entre les tentures héroïques où s'enchevêtrent de furieuses mêlées.

LA JEUNE FILLE, éveillée en sursaut des prières se lève frissonnante vers son PÈRE et le guerrier convulsif brûle ses mains de caresses, de caresses incestueuses et brutales.

Et l'enfant hurlante s'arrache des baisers sacrilèges. Elle va jusqu'à la grand'salle où le SERVITEUR courbé fourbit les larges glaives et les panoplies.

LA JEUNE FILLE

Vieillard, j'ai ma pensée entière. Prends l'épée

De justice, l'épée infailllible, trempée
Sept fois dans le Saint-Chrême et le feu baptismal
Et que ne souille pas, comme l'homme, le Mal
Originel. Saisis la Purificatrice.
— Si ton bras est rongé d'ulcères, qu'il périsse !
A dit le Maître dont m'attendent les hymens ; —
Et lave aux flots d'acier rougi, tranche mes mains !

LE SERVITEUR

O ma fille, vos mains sont des corolles fines ;
Vos mains sont un bouquet de jeunes aubépines ;
L'haleine du printemps souffle de votre chair :
Je ne moissonne pas les fleurs avec le fer.
Vous délirez.

LA JEUNE FILLE

Tais-toi, l'ulcère des caresses

Inexpiables, mord ma chair et fond mes graisses.

Obéis, sans l'horreur mortelle des aveux :

L'effroi te briserait les oreilles.

La main levée en un geste terrible :

Je veux!

Et la volontaire martyre pose sans trembler ses mains jaillissant des manches sur une table de porphyre aux mosaïques de chimères.

Ses yeux fixes ne clignent pas à l'éclat bleu du glaive brusque s'abattant, qui verse aux bêtes héraldiques des gouttes soudaines de pourpre.

Et, brandissant dans la pénombre les deux torches jumelles des bras mutilés, elle fait prendre une aiguière de cristal enchemisé d'or.

Epouvantable et radieux, un double nénuphar aux tiges d'écarlate flotte dans une écume rose de grappes d'Orient foulées.

Oh ! le vase lustral où l'âme se lava !

Va t'en porter l'aiguière à mon bon père. Va.

II

Maintenant une foule confuse bruit près de la mer flagellée par le vent du Nord. Dans une frêle nef, sans rames ni voilure, LE PÈRE a fait étendre LA JEUNE FILLE surnaturelle, enveloppée dans un linceul de lin grossier. Elle regarde obstinément le ciel d'orage.

LE PÈRE

Ma fille, vos péchés, commis dans ma maison,

Ont fait s'enfuir les tourterelles du blason.

Endormis dans la nuit tombale, clos en elle,

Les morts ont tressailli de votre ardeur charnelle.

Donc je dois, réprimant pleurs lâches et sanglots,

Vous confier, vivante, à la douceur des flots.

Nous prierons, gens des bourgs et manants de campagne,

Afin que la bonté de Dieu vous accompagne.

Allez ! au nom de la Très Sainte Trinité,

Et que Jésus vous prenne en votre éternité.

Mais la barque n'est pas engloutie par les gueules auves de l'abîme. Elle s'efface, poussée par les haleines pacificatrices d'invisibles archanges.

Les gerbes fauchées des houles vertes dorment sous un soleil d'accalmie, et LA JEUNE FILLE, affranchie par l'extase, contemple des visions vagues et des formes.

Dans le lilas de leurs rosaces vespérales,

Je vois s'épanouir, là-haut, des cathédrales.

Une poussière d'astre irise les parvis

Et les arceaux sortent des dalles de rubis.

Dans l'espace des nefs sans limites, lamées
D'azur, des encensoirs effeuillent des fumées.

Dans le frisson de leurs échos multipliés,
Des sons inentendus ébranlent les piliers.

Le voile rejeté d'un fulgurant coup d'aile,
Le Tabernacle inaccessible se révèle.

Et lorsque l'Ostensoir éphémère me luit,
La robe du soleil semble teinte de nuit.

Seigneur Dieu, l'appétit des vagues me réclame
L'aumône de mon corps est faite. Cueillez l'âme.

Dans son ravissement mystique, LA JEUNE FILLE se croit morte. Serait-ce que la barque aborde aux rives vertigineuses du Paradis, où des couples célestes glissent dans une aube d'opales fluides.

Elle regarde émerveillée, sous une étoffe de lumière, au lieu des tron·
çons effroyables, la fraîcheur blonde de ses mains ressuscitées et d'où
s'exhale une senteur de ruches prochaines et de miel.

Des enfants, vétus de tuniques multicolores et légères lui font un triom-
phal cortège et, prise dans des rêts de charmes surhumains, elle marche
au milieu des hymnes étranges. Hymen ! Hymenaee !

Hymen! Hymen! Hymenaee! Au faîte des monts d'hyacinthe, un palais
de prodige monte, marmoréen, vers les nuages violets. Elle gravit les
escaliers, gardés par des sphinges immobiles.

Hymen ! Hymen ! Hymenaee ! Au seuil glorieux des demeures, souriant
idéalement dans l'ombre dénouée de sa chevelure, le poète-roi vient
vers elle, sous son manteau de pourpre lyrique.

Et les enfants ont disparu ; dans une salle de féerie, portée par des
cariatides, sur l'or roux des lions tués, la jeune fille s'abandonne à la
volupté des caresses. Hymen ! O hymen!

LA JEUNE FILLE

Doux initiateur de l'âme, en quelle sphère

Plus lointaine, Jésus, l'Esprit, et Dieu le Père,

Dans leur unité triple, infinis et sereins,

Attendent-ils le chœur des élus, pèlerins

Joyeux et jamais las d'un Temple que j'ignore,

Qui s'envolent de l'ombre ancienne vers l'Aurore.
Emmène-moi par les Edens et les Sions,
Toi qui sais les chemins de constellations.

LE POÈTE ROI saisit la grande Lyre et sous le plectre, les cordes de brebis vibrent dans l'écaille de tortue transparente.

Avant la Terre, avant les Jours et les Années,
L'Immuable a pétri nos chairs prédestinées.

J'ai trompé mon ennui par la lyre, et j'attends
Tes seins qui m'appelaient de l'abîme des temps,

Et mes yeux, emperlés d'une angoisse inconnue,
Mes yeux cherchaient tes yeux nocturnes dans la nue.

Parfois, dans le brouillard chantant de la forêt,
Une fée illusoire éclôt et disparaît.

26

Dis-moi que tu n'es pas l'ombre vaine d'un rêve,
O fille de la mer et de l'écume brève.

Dis-moi qu'avant la tombe et nos corps révolus,
Le flot de tes baisers ne se tarira plus.

Je ferai vivre par delà les étendues
Ton nom sanctifié dans les cordes tendues,

Et tu vaincras par la gloire de tes beautés
Les nymphes de l'Hellas et les Divinités.

Parle, et tu chasseras de la mémoire humaine
La Vénus Italique et l'Anadyomène.

Je traquerai leurs souvenirs tels que des loups,
Et Christ reconnaissant se penchera vers nous.

LA JEUNE FILLE

O Chanteur, je ne sais quel décevant mystère

Me rappelle du ciel entrevu vers la terre.

Ton regard me repousse et m'attire. Va-t-en,

Car je me damnerais peut-être en t'écoutant.

Dans son indicible douleur, LE POÈTE ROI jette la Lyre qui se brise en un lamentable sanglot et le cri des fibres est si déchirant que LA JEUNE FILLE tremblante d'effroi et d'amour revient vers le royal Désespéré, comme résignée aux flammes d'une imminente géhenne. Pendant qu'ils sont enlacés, UN CHŒUR D'ANGES, entendu jadis, effleure leurs oreilles extasiées.

Ecarte le conseil de tes mauvaises craintes.

Le Seigneur t'a rendu des mains pour les étreintes,

Fais à l'amant royal le don de ton orgueil.

Va ! laisse le troupeau neigeux d'immaculées ;

Vers l'amoncellement des glaces reculées,

Les rouges Kéroubim les repoussent du seuil.

Aimez-vous ! le blé mûr épars des Madeleines,
Epars sur les pieds nus avec les urnes pleines,
Brûle seul dans la sainte auréole de feu.
Dans le brasier de Christ, avivé de colères,
Vous fondriez, ô froides fleurs des soirs polaires,
Qui ne parfumez pas les hommes avant Dieu.

Lorsque le Rédempteur eut brisé les statues
D'autrefois, parmi les colonnes abattues,
Il laissa reverdir, seul d'entre les Maudits,
Erôs, et lui donna pour royaume la Terre :
Immortelle, la soif des lèvres vous altère
Et l'enfer des baisers vaut notre paradis.

IL A ÉTÉ TIRÉ DE CE LIVRE :

Cent exemplaires sur papier de Hollande,
Et quelques-uns sur Japon Impérial.

N° 

CE LIVRE

Composé par Hector Menet

A ÉTÉ ACHEVÉ D'IMPRIMER

LE VINGT MAI MIL HUIT CENT QUATRE VINGT-SIX

SUR LES PRESSES D'ALCAN-LÉVY

POUR

PIERRE QUILLARD